감자

아시아에서는 《바이링궐 에디션 한국 대표 소설》을 기획하여 한국의 우수한 문학을 주제별로 엄선해 국내외 독자들에게 소개합니다. 이 기획은 국내외 우수한 번역가들이 참여하여 원작의 품격을 최대한 살렸습니다. 문학을 통해 아시아의 정체성과 가치를 살피는 데 주력해 온 아시아는 한국인의 삶을 넓고 깊게 이해하는 데 이 기획이 기여하기를 기대합니다.

Asia Publishers presents some of the very best modern Korean literature to readers worldwide through its new Korean literature series 〈Bilingual Edition Modern Korean Literature〉. We are proud and happy to offer it in the most authoritative translation by renowned translators of Korean literature. We hope that this series helps to build solid bridges between citizens of the world and Koreans through a rich in-depth understanding of Korea.

바이링궐 에디션 한국 대표 소설 086

Bi-lingual Edition Modern Korean Literature 086

Potatoes

김동인
감자

Kim Tong-in

ASIA
PUBLISHERS

Contents

감자

Potatoes

싸움, 간통, 살인, 도적, 구걸, 징역, 이 세상의 모든 비극과 활극의 근원지인, 칠성문 밖 빈민굴로 오기 전까지는, 복녀의 부처는 (사농공상의 제2위에 드는) 농민이었다.

복녀는, 원래 가난은 하나마 정직한 농가에서 규칙 있게 자라난 처녀였었다. 이전 선비의 엄한 규율은 농민으로 떨어지자부터 없어졌다 하나, 그러나 어딘지는 모르지만 딴 농민보다는 좀 똑똑하고 엄한 가율이 그의 집에 그냥 남아 있었다. 그 가운데서 자라난 복녀는 물론 다른 집 처녀들과 같이 여름에는 벌거벗고 개울에서 멱 감고, 바짓바람으로 동리를 돌아다니는 것을 예사로

Fighting, adultery, murder, theft, prison confine-
ment—the shanty area outside the Seven Star Gate
was a breeding ground for all that is tragic and vi-
olent in this world. Poknyŏ and her husband were
farmers before they arrived there; they belonged to
the second of the four traditional classes, scholar,
farmer, tradesman, and merchant.

Poknyŏ had always been poor, but she had
grown up in the discipline of an upright farm
home. Of course, the strict, traditional discipline of
a gentleman-scholar's household disappeared from
the time the family fell in the world to the rank of
farmer, but a sort of clear, yet indefinable family

알기는 알았지만, 그러나 그의 마음속에는 막연하나마 도덕이라는 것에 대한 저픔[1]을 가지고 있었다.

그는 열다섯 살 나는 해에 동리 홀아비에게 팔십 원에 팔려서 시집이라는 것을 갔다. 그의 새서방(영감이라는 편이 적당할까)이라는 사람은 그보다 이십 년이나 위로서, 원래 아버지의 시대에는 상당한 농군으로서 밭도 몇 마지기가 있었으나, 그의 대로 내려오면서는 하나둘 줄기 시작하여서 마지막에 복녀를 산 팔십 원이 그의 마지막 재산이었다. 그는 극도로 게으른 사람이었다. 동리 노인들의 주선으로 소작 밭깨나 얻어주면, 종자만 뿌려둔 뒤에는 후치[2]질도 안 하고 김도 안 매고 그냥 내버려두었다가는, 가을에 가서는 되는대로 거두어서 "금년은 흉년이네" 하고 전주(田主) 집에는 가져도 안 가고 혼자 먹어버리고 하였다. 그러니까 그는 한 밭을 이태를 연하여 부쳐본 일이 없었다. 이리하여 몇 해를 지내는 동안 그는 그 동리에서는 밭을 못 얻으리만큼 인심을 잃고 말았다.

복녀가 시집을 간 뒤 한 삼사 년은 장인의 덕택으로 이렁저렁 지나갔으나, 이전 선비의 꼬리인 장인은 차차

code still remained, something other farming fami-
lies did not have. Poknyŏ, who had grown up in
this environment, regarded it as perfectly normal to
bathe naked in the stream in summer with the girls
from the other houses and to run around the dis-
trict with nothing but trousers on, but if she did,
still she carried in her heart a sort of vague sense
of refinement in regard to what is called morality.

At fifteen, Poknyŏ was sold to a local widower for
80 wŏn, and—if the term applies—she became his
wife. The bridegroom—elderly husband would be
more accurate—was twenty years or so older than
her. In his father's time, the family had been farm-
ers of some standing with several *majigi*[1] of land,
but in the present generation the property began
to diminish, a little here, a little there, till in the end
the 80 wŏn with which he bought Poknyŏ was his
last possession. He was an extremely lazy man. If
he got a tenancy on a field on the recommendation
of an elder in the area, all he did was sow the seed.
Subsequently he did no hoeing, no weeding either;
he left the field as it was; and when it came to au-
tumn, he gathered in the crop with typical lack of
care, saying "this was a bad year". He never gave
any of the crop to the owner of the field; he kept

사위를 밉게 보기 시작하였다. 그들은 처가에까지 신용을 잃게 되었다.

그들 부처는 여러 가지로 의논하다가 하릴없이 평양 성 안으로 막벌이로 들어왔다. 그러나 게으른 그에게는 막벌이나마 역시 되지 않았다. 하루 종일 지게를 지고 연광정에 가서 대동강만 내려다보고 있으니, 어찌 막벌 이인들 될까. 한 서너 달 막벌이를 하다가, 그들은 요행 어떤 집 막간(행랑)살이로 들어가게 되었다.

그러나 그 집에서도 얼마 안 하여 쫓겨나왔다. 복녀는 부지런히 주인집 일을 보았지만 남편의 게으름은 어찌 할 수가 없었다. 매일 복녀는 눈에 칼을 세워가지고 남 편을 채근하였지만, 그의 게으른 버릇은 개를 줄 수는 없었다.

"볏섬 좀 치워달라우요."

"남 졸음 오는데. 님자 치우시관."

"내가 치우나요?"

"이십 년이나 밥 먹구 그걸 못 치워!"

"에이구, 칵 죽구나 말디."

"이년, 뭘."

everything himself. The upshot of it was he never held the same field two years running. After a few years, he lost the sympathy and trust of the people to the extent that he couldn't get a field in the area.

Thanks to her father, Poknyŏ managed to get by one way or another for three or four years after marriage, but even the old man, although he still had a bit of the gentleman-scholar about him, began to look with distaste at his son-in-law. So Poknyŏ and her husband came to lose trust even in her father's house.

Husband and wife discussed various ways and means, saw there was no alternative, and finally came inside the walls of P'yŏngyang to work as laborers. The man, however, was an idler; he couldn't even make a success of laboring. He would go off to Yŏnggwan Pavilion with his A-frame on his back and spend the whole day looking down at the Taedong River. Not a recipe for success!

After laboring for three or four months, husband and wife managed with a bit of luck to get into servant's quarters in a certain house. But before long they found themselves thrown out of that house too, for although Poknyŏ worked hard looking after the master's house, nothing could be done

이러한 싸움이 그치지 않다가, 마침내 그 집에서도 쫓겨나왔다.

이젠 어디로 가나? 그들은 하릴없이 칠성문 밖 빈민굴로 밀리어 나오게 되었다.

칠성문 밖을 한 부락으로 삼고 그곳에 모여 있는 모든 사람들의 정업(正業)은 거러지요, 부업으로는 도적질과 (자기네끼리의) 매음, 그밖에 이 세상의 모든 무섭고 더러운 죄악이 있었다. 복녀도 그 정업으로 나섰다.

*

그러나 열아홉 살의 한창 좋은 나이의 여편네에게 누가 밥인들 잘 줄까.

"젊은거이 거랑질은 왜."

그런 소리를 들을 때마다 그는 여러 가지 말로, 남편이 병으로 죽어가거니 어쩌거니 핑계는 대었지만, 그런 핑계에는 단련된 평양 시민의 동정은 역시 살 수가 없었다. 그들은 이 칠성문 밖에서도 가장 가난한 사람 가운데 드는 편이었다. 그 가운데서 잘 수입되는 사람은

about her husband's laziness. Day in day out, Poknyŏ looked daggers at her husband, trying to drive him, but you can't throw off lazy habits like you throw a scrap to the dog.

"Clear away those sacks of rice."

"I'm sleepy. Clear them away yourself."

"Me, clear them away?"

"You've been shovelling rice into you for twenty years or more, can't you do that much?"

"You'll be the death of me yet."

"Cheeky huzzy!"

Rows like this were frequent. Finally they found themselves thrown out of that house too.

Now where to go? There was no help for it; they ended up being pushed into the shanty area outside the Seven Star Gate.

Taking the area outside the Seven Star Gate as one community, the principal occupation of the people who lived there was begging. As a secondary occupation they had thieving and—among themselves—prostitution, and apart from these occupations the area boasted all the fearful, filthy crimes of this world. Poknyŏ entered the principal occupation.

하루에 오 리짜리 돈뿐으로 일 원 칠팔십 전의 현금을 쥐고 돌아오는 사람까지 있었다. 극단으로 나가서는 밤에 돈벌이 나갔던 사람은 그날 밤 사백여 원을 벌어가지고 와서 그 근처에서 담배 장사를 시작한 사람까지 있었다.

복녀는 열아홉 살이었다. 얼굴도 그만하면 빤빤하였다. 그 동리 여인들의 보통 하는 일을 본받아서 그도 돈벌이 좀 잘하는 사람의 집에라도 간간 찾아가면 매일 오륙십 전은 벌 수가 있었지만, 선비의 집안에서 자라난 그는 그런 일은 할 수가 없었다.

그들 부처는 역시 가난하게 지냈다. 굶는 일도 흔히 있었다.

*

기자묘 솔밭에 송충이가 끓었다. 그때, 평양 '부(府)'에서는 그 송충이를 잡는 데 (은혜를 베푸는 뜻으로) 칠성문 밖 빈민굴의 여인들을 인부로 쓰게 되었다.

빈민굴 여인들은 모두 다 자원을 하였다. 그러나 뽑힌

Who is going to be generous about feeding a nineteen year old woman in the prime of youth?

"A young thing begging! Why?"

Poknyŏ countered such remarks with the excuse that her husband was on the point of death, or something similar, but the people of P'yŏngyang were hardened to this sort of excuse; their sympathy could not be bought.

Poknyŏ and her husband were among the poorest of those living outside the Seven Star Gate. Actually there were some good earners among these people, some who came back every night with as much as 1 *wŏn* 70 or 80 gripped tightly in their fists, all in 5 *ri* notes. Then there were the extreme cases: people who went out earning at night and in a single night made 40 *wŏn*, enough to start a cigarette business in the area.

Poknyŏ was nineteen and her face was on the pretty side. Taking an example from what the other women in the area did, she could have gone now and then to the house of a man earning even moderately well and earn 50 or 60 *chŏn* a day. But she had grown up in a gentleman-scholar's house: she

17

것은 겨우 오십 명쯤이었다. 복녀도 그 뽑힌 사람 가운데 한 사람이었다.

복녀는 열심으로 송충이를 잡았다. 소나무에 사다리를 놓고 올라가서는, 송충이를 집게로 집어서 약물에 잡아넣고 잡아넣고, 그의 통은 잠깐 새에 차고 하였다. 하루에 삼십이 전씩의 공전이 그의 손에 들어왔다.

그러나 대엿새 하는 동안에 그는 이상한 현상을 하나 발견하였다. 그것은 다른 것이 아니라, 젊은 여인부 한 여남은 사람은 언제나 송충이는 안 잡고 아래서 지절거리며 웃고 날뛰기만 하고 있는 것이었다. 뿐만 아니라, 그 놀고 있는 인부의 공전은 일하는 사람의 공전보다 팔 전이나 더 많이 내어주는 것이다.

감독은 한 사람뿐이지만 감독도 그들이 놀고 있는 것을 묵인할 뿐 아니라, 때때로는 자기까지 섞여서 놀고 있었다.

어떤 날 송충이를 잡다가 점심때가 되어서, 나무에서 내려와서 점심을 먹고 다시 올라가려 할 때에 감독이 그를 찾았다.

"복네, 얘 복네."

couldn't do that kind of work.

Husband and wife continued on in poverty; at times they even went hungry.

*

The pine grove at Kija's tomb was swarming with caterpillars. The P'yŏngyang city administration decided to use the women folk of the shanty area outside the Seven Star Gate to pick these caterpillars, as it were bestowing a favor on them. The women of the shanty area all volunteered, but only fifty or so were chosen. Poknyŏ was one of the fifty.

Poknyŏ worked hard picking the caterpillars. She would put the ladder against a pine tree, climb up, grab a caterpillar with the tongs, and drop it into the insecticide. Then she repeated the operation. Soon the can was full. She got thirty-two *chŏn* a day in piece wages.

Having picked caterpillars for five or six days, Poknyŏ discovered something peculiar. A number of the young women spent their time prancing around under the trees, chattering and laughing, not picking any caterpillars, and they were earning

"왜 그릅네까?"

그는 약통과 집게를 놓은 뒤에 돌아섰다.

"좀 오나라."

그는 말없이 감독 앞에 갔다.

"얘, 너, 음…… 데 뒤 좀 가보디 않갔니?"

"뭘 하려요."

"글세, 가문 알디?"

"가디요, 형님."

그는 돌아서면서 인부들 모여 있는 데로 고함쳤다.

"형님두 갑세다가레."

"싫다 얘. 둘이서 재미나게 가는데, 내가 무슨 맛에 가
갔니?"

복녀는 얼굴이 새빨갛게 되면서 감독에게로 돌아섰다.

"가보자."

감독은 저편으로 갔다. 복녀는 머리를 수그리고 따라
갔다.

"복네 좋갔구나."

뒤에서 이러한 고함 소리가 들렸다. 복녀의 숙인 얼굴
은 더욱 발갛게 되었다.

eight *chŏn* a day more than those who were actual-
ly doing the work.

There was just the one overseer, and not only
did he pass no remarks on the women playing
around, sometimes he played with them.

One day Poknyŏ took a break for lunch. She
climbed down the tree, ate her lunch and was
about to climb up again when the overseer came
looking for her.

"Pokne, hi Pokne!" he called.

"What is it?" she asked.

She put down the insecticide can and the tongs
and turned around.

"Come over here a minute."

Without a word she went over in front of the
overseer.

"Hey, would you, ehm...let's take a look over
there."

"What do you want to do?"

"I don't know, you have to go first..."

"All right, I'll go... Sister!" she shouted, turning to-
ward the other women.

"You come too, sister," she said to one of the
women.

"Not on your life!" the woman replied. "You two

21

그날부터 복녀도 '일 안 하고 공전 많이 받는 인부'의 한 사람으로 되었다.

*

　복녀의 도덕관 내지 인생관은 그때부터 변하였다.

　그는 아직껏 딴 사내와 관계를 한다는 것을 생각하여 본 일도 없었다. 그것은 사람의 일이 아니요 짐승의 하는 짓으로만 알고 있었다. 혹은 그런 일을 하면 탁 죽어지는지도 모를 일로 알았다.

　그러나 이런 이상한 일이 어디 다시 있을까. 사람인 자기도 그런 일을 한 것을 보면, 그것은 결코 사람으로 못 할 일이 아니었다. 게다가 일 안 하고도 돈 더 받고, 긴장된 유쾌가 있고, 빌어먹는 것보다 점잖고……. 일본말로 하자면 '삼박자(三拍子)' 같은 좋은 일은 이것뿐이었다. 이것이야말로 삶의 비결이 아닐까. 뿐만 아니라, 이 일이 있은 뒤부터, 그는 처음으로 한 개 사람이 된 것 같은 자신까지 얻었다.

　그 뒤부터는, 그의 얼굴에는 조금씩 분도 바르게 되

going off real nice. What fun is there in it for me?"

Poknyŏ 's face turned a deep red. She turned toward the overseer.

"Let's go," she said.

The overseer set off. Poknyŏ bowed her head and followed.

"Poknyŏ will be made up now!"

The banter could be heard behind. Poknyŏ's bent face grew even redder.

From that day on, Poknyŏ became one of the workers who got more wages and did no work.

*

Poknyŏ's moral attitude, her view of life, changed from that day.

Till now she had never thought of having relations with another man. It wasn't something a human being does; she knew it as the type of thing only an animal does. Or if you did it, you might crash down dead on the spot. That was how she saw it.

This was indeed a strange business. She was a human being too, and when she thought of what she had done, she discovered it wasn't at all "out of

었다.

*

일 년이 지났다.

그의 처세의 비결은 더욱더 순탄히 진척되었다. 그의 부처는 인제는 그리 궁하게 지내지는 않게 되었다.

그의 남편은 이것이 결국 좋은 일이라는 듯이 아랫목에 누워서 벌신벌신 웃고 있었다.

복녀의 얼굴은 더욱 이뻐졌다.

"여보, 아즈바니, 오늘은 얼마나 벌었소?"

복녀는 돈 좀 많이 번 듯한 거지를 보면 이렇게 찾는다.

"오늘은 많이 못 벌었쉐다."

"얼마?"

"도무지 열서너 냥."

"많이 벌었쉐다가레, 한 댓 냥 꿰주소고래."

"오늘은 내가……."

어쩌고어쩌고 하면, 복녀는 곧 뛰어가서 그의 팔에 늘

the question" for a human being. In addition, she did no work, made more money, and there was the intense pleasure: this was more gentlemanly than begging.... Put in Japanese, it was the grace of three beats to the bar, that's what it was. And this wasn't all: she discovered, for the first time, a sort of confidence that she had actually become a human person.

From then on, she took to putting powder on her face, just a little at a time.

*

A year went by.

Poknyŏ's plan for getting on in life progressed ever more steadily. Husband and wife now came to live in not such severe want.

The husband, stretched out on the warmest part of the floor, would give his silly laugh, implying that in the long run this was a good thing.

Poknyŏ's face became more beautiful.

"Hello, friend. How much did you make today?"

Whenever Poknyŏ saw a beggar who had the air of having made a good deal of money, she would question him like this.

어진다.

"나한테 들킨 댐에는 뀌구야 말아요."

"난, 원, 이 아즈마니 만나문 야단이더라. 자, 꿰주디. 그 대신 응? 알아 있디?"

"난 몰라요. 해해해해."

"모르문, 안 줄 테야."

"글세, 알았대두 그른다."

그의 성격은 이만큼까지 진보되었다.

*

가을이 되었다.

칠성문 밖 빈민굴의 여인들은 가을이 되면 칠성문 밖에 있는 중국인의 채마밭에 감자며 배추를 도적질하러 밤에 바구니를 가지고 간다. 복녀도 감자깨나 잘 도적질하여 왔다.

어떤 날 밤, 그는 감자를 한 바구니 잘 도적질하여가지고, 이젠 돌아오려고 일어설 때에, 그의 뒤에 시꺼먼 그림자가 서서 그를 꽉 붙들었다. 보니, 그것은 그 밭의

"I didn't make a whole lot today," the beggar would answer.

"How much?"

"Thirteen, fourteen *nyang*."

"You did well. Lend me five *nyang*."

If he made excuses, Poknyŏ immediately hung on his arm and pleaded,

"Surely you'll lend me the money—I mean, with all I know about you?"

"My God, every time I meet this woman, there's trouble. All right. I'll lend it to you. In return, eh? You understand?"

"I don't know what you mean," Poknyŏ would say with a giggle.

"If you don't know, I'm not giving."

"Ah, I know. Why are you going on like that?"

Poknyŏ's personality progressed to this extent.

*

Autumn came.

On autumn nights, the women in the shanty area outside the Seven Star Gate used take their baskets and steal potatoes and cabbage from a Chinese vegetable garden. Poknyŏ also made a practice of

소작인인 중국인 왕 서방이었다. 복녀는 말도 못 하고 멀진멀진 발 아래만 내려다보고 있었다.

"우리 집에 가."

왕 서방은 이렇게 말하였다.

"가재문 가디. 훤, 것두 못 갈까."

복녀는 엉덩이를 한 번 홱 두른 뒤에 머리를 젖히고 바구니를 저으면서 왕 서방을 따라갔다.

한 시간쯤 뒤에 그는 왕 서방의 집에서 나왔다. 그가 밭고랑에서 길로 들어서려 할 때에, 문득 뒤에서 누가 그를 찾았다.

"복녀 아니야?"

복녀는 홱 돌아서면서 보니 거기는 자기 곁집 여편네가 바구니를 끼고 어두운 밭고랑을 더듬더듬 나오고 있었다.

"형님이댔쉐까? 형님두 들어갔댔쉐까?"

"님자두 들어갔댔나?"

"형님은 뉘 집에?"

"나? 눅 서방네 집에. 님자는?"

"난 왕 서방네……형님 얼마 받았소?"

stealing potatoes and whatever else was available.

One night Poknyŏ had stolen a bag of potatoes; she was getting to her feet, about to go home, when suddenly a black shadow standing behind her grabbed her tight. When she looked, she saw it was the owner of the field, a man called Wang. Poknyŏ couldn't get a word out; she stood there, looking down foolishly at her feet, not knowing what to do.

"Go up to the house," Wang said.

"If you say so. Sure. What the hell!"

Poknyŏ gave a swish of her bum and followed Wang, her head high in the air, and her basket swinging in her hand.

About an hour later she came out of Wang's house. She was about to step out of a furrow on to the road when someone called her from behind.

"Pokne, isn't it?"

Poknyŏ turned in one movement and looked. It was the woman next door, a basket tucked under her arm, groping her way out of the dark furrow.

"Is it you, sister? Were you in there too?"

"Were you in yourself, Mrs?"

"Whose house for you, sister?"

"Me? Nuk's house. How about you, Mrs?"

"눅 서방네 그 깍쟁이 놈, 배추 세 페기……."

"난 삼 원 받았디."

복녀는 자랑스러운 듯이 대답하였다.

십 분쯤 뒤에 그는 자기 남편과, 그 앞에 돈 삼 원을 내어놓은 뒤에, 아까 그 왕 서방의 이야기를 하면서 웃고 있었다.

*

그 뒤부터 왕 서방은 무시로[3] 복녀를 찾아왔다.

한참 왕 서방이 눈만 멀진멀진 앉아 있으면, 복녀의 남편은 눈치를 채고 밖으로 나간다. 왕 서방이 돌아간 뒤에는 그들 부처는, 일 원 혹은 이 원을 가운데 놓고 기뻐하고 하였다.

복녀는 차차 동리 거러지들한테 애교를 파는 것을 중지하였다. 왕 서방이 분주하여 못 올 때가 있으면 복녀는 스스로 왕 서방의 집까지 찾아갈 때도 있었다.

복녀의 부처는 이젠 이 빈민굴의 한 부자였다.

"I was in Wang's. How much did you get, sister?"

"Nuk's a miserly devil. I only got three heads of cabbage."

"I got 3 *wŏn*," Poknyŏ said with an air of pride.

Ten minutes later Poknyŏ was laughing with her husband: she laid the 3 *wŏn* in front of him and told him what had happened with Wang.

*

From then on, Wang came looking for Poknyŏ as occasion demanded. He would sit there for a while with a foolish look around his eyes; Poknyŏ 's husband would get the message and go outside. After Wang had gone, husband and wife would set the 1 or 2 *wŏn* down between them, clearly delighted.

Poknyŏ gradually gave up selling her favors to the neighbourhood beggars. When Wang was busy and couldn't come, Poknyŏ sometimes went looking for him to his house.

Poknyŏ and her husband were now among the rich of the shanty area.

*

그 겨울도 가도 봄이 이르렀다.

그때 왕 서방은 돈 백 원으로 어떤 처녀를 하나 마누라로 사오게 되었다.

"흥."

복녀는 다만 코웃음만 쳤다.

"복녀, 강짜[4]하갔구만."

동리 여편네들이 이런 말을 하면, 복녀는 흥 하고 코웃음을 웃고 하였다.

내가 강짜를 해? 그는 늘 힘 있게 부인하고 하였지만, 그의 마음에 생기는 검은 그림자는 어찌할 수가 없었다.

"이놈 왕 서방, 네 두고 보자."

왕 서방의 색시를 데려오는 날이 가까웠다. 왕 서방은 아직껏 자랑하던 기다란 머리를 깎았다. 동시에 그것은 새색시의 의견이라는 소문이 쫙 퍼졌다.

"흥."

복녀는 역시 코웃음만 쳤다.

마침내 색시가 오는 날이 이르렀다. 칠보단장[5]에 사

32

*

Winter went and spring came around again.

Wang bought himself a wife. A young girl, he paid 100 *wŏn* for her.

"Hmn," Poknyŏ said, laughing up her nose.

"Poknyŏ will be jealous for a fact," the young wives of the area said. Poknyŏ snorted.

Me jealous? She denied it strongly every time, but she was helpless before the black shadow that was growing in her heart.

"You devil, Wang. You just wait and see."

The day for Wang to bring the young girl drew near. He cut his long hair—until now he had been very proud of it. At the same time a rumor spread about that this was the new bride's idea.

"Hmn."

As always Poknyŏ laughed up her nose.

Finally the day arrived for the new bride to come. The bride, gorgeously decked out, got on a palanquin drawn by four men and arrived at Wang's house in the middle of the vegetable garden outside the Seven Star Gate.

The Chinese guests in Wang's house continued the racket till late in the night: they played weird

인교[6]를 탄 색시가, 칠성문 밖 채마밭 가운데 있는 왕 서방의 집에 이르렀다.

밤이 깊도록, 왕 서방의 집에는 중국인들이 모여서 별한 악기를 뜯으며 별한 곡조로 노래하며 야단하였다.

복녀는 집 모퉁이에 숨어 서서 눈에 살기를 띠고 방 안의 동정을 듣고 있었다.

다른 중국인들은 새벽 두 시쯤 하여 돌아갔다. 그 돌아가는 것을 보면서 복녀는 왕 서방의 집 안에 들어갔다. 복녀의 얼굴에는 분이 하얗게 발리어 있었다.

신랑 신부는 놀라서 그를 쳐다보았다. 그것을 무서운 눈으로 흘겨보면서, 그는 왕 서방에게 가서 팔을 잡고 늘어졌다. 그의 입에서는 이상한 웃음이 흘렀다.

"자, 우리 집으로 가요."

왕 서방은 아무 말도 못 하였다. 눈만 정처 없이 두룩두룩하였다. 복녀는 다시 한번 왕 서방을 흔들었다.

"자, 어서."

"우리, 오늘 밤 일이 있어 못 가."

"일은 밤중에 무슨 일."

"그래두, 우리 일이……."

instruments and sang songs to weird tunes. Poknyŏ stood hidden behind one corner of the house, a murderous look in her eyes as she listened to what was going on inside.

Poknyŏ watched the Chinese visitors going off around two o'clock in the morning. She entered the house. Her face was painted white with powder.

The bridegroom and the bride stared at her in amazement. Poknyŏ scowled at the way they were staring at her; her look was frightening. She went up to Wang, caught his arm and pulled. A strange smile ran on her lips.

"Come, we'll go to our house."

"We...tonight we have work to do. I can't go."

"Work? In the middle of the night? What work?"

"All the same. What we have to do..."

The strange smile which had hovered around Poknyŏ's lips suddenly disappeared.

"You good for nothing! Who do you think you are?"

Poknyŏ raised her leg and kicked the ornamented bride in the head.

"Come on, let's go, let's go!"

Wang trembled. He flung off Poknyŏ's hand.

Poknyŏ fell in a heap. She stood up again imme-

복녀의 입에 아직껏 떠돌던 이상한 웃음은 문득 없어졌다.

"이까짓 것."

그는 발을 들어서 치장한 신부의 머리를 찼다.

"자, 가자우, 가자우."

왕 서방은 와들와들 떨었다. 왕 서방은 복녀의 손을 뿌리쳤다.

복녀는 쓰러졌다가 다시 일어섰다. 그가 다시 일어설 때는, 그의 손에는 얼른얼른 하는 낫이 한 자루 들리어 있었다.

"이 되놈, 죽어라. 죽어라, 이놈, 나 때렸디! 이놈아, 아이구, 사람 죽이누나."

그는 목을 놓고 처울면서 낫을 휘둘렀다. 칠성문 밖 외딴 밭 가운데 홀로 서 있는 왕 서방의 집에서는 일장의 활극이 일어났다.

그러나 그 활극도 곧 잠잠하게 되었다. 복녀의 손에 들리어 있던 낫은 어느덧 왕 서방의 손으로 넘어가고, 복녀는 목으로 피를 쏟으면서 그 자리에 고꾸라져 있었다.

diately. And as she stood up there was a coldly glinting reaping hook raised in her hand.

"You dirty Chink! You bastard! Strike me, would you! You bastard! Ah, God, I'm being killed."

Sobs wrenched out of her throat as she brandished the hook. Outside the Seven Star Gate, in the middle of an isolated field where Wang's house stood all alone, a violent scene took place. But the violence was quickly quieted. The reaping hook that had been raised in Poknyŏ 's hand suddenly went over to Wang's hand, and Poknyŏ, blood spewing from her throat, collapsed where she stood.

*

Three days went by and still Poknyŏ's remains did not get to the grave. Wang went to see Poknyŏ's husband several times. And Poknyŏ's husband went to see Wang a few times. There was a matter to be negotiated between the two. Three days went by.

Poknyŏ's dead body was transferred in the night to the house of her husband. Three people sat around the dead body: Poknyŏ's husband, Wang, and a certain herbal doctor. Wang, saying nothing,

＊

　복녀의 송장은 사흘이 지나도록 무덤으로 못 갔다. 왕
서방은 몇 번을 복녀의 남편을 찾아갔다. 복녀의 남편
도 때때로 왕 서방을 찾아갔다. 둘의 새에는 무슨 교섭
하는 일이 있었다.

　사흘이 지났다.

　밤중에 복녀의 시체는 왕 서방의 집에서 남편의 집으
로 옮겨졌다.

　그리고 그 시체에는 세 사람이 둘러앉았다. 한 사람은
복녀의 남편, 한 사람은 왕 서방, 또 한 사람은 어떤 한
방 의사. 왕 서방은 말없이 돈주머니를 꺼내어, 십 원짜
리 지폐 석 장을 복녀의 남편에게 주었다. 한방의의 손
에도 십 원짜리 두 장이 갔다.

　이튿날, 복녀는 뇌일혈로 죽었다는 한방의의 진단으
로 공동묘지로 가져갔다.

1) 두려움의 옛말.
2) 땅을 가는 데 쓰는 농기구. '극쟁이'의 방언
3) 아무 때나.
4) '강샘'을 속되게 이르는 말. 질투.

took out a money bag and gave three 10 *wŏn* notes to Poknyŏ's husband. Two ten *wŏn* notes went into the herbal doctor's hand.

On the following day, Poknyŏ, declared by the herbal doctor to have died of a brain haemorrhage, was loaded off to a public graveyard.

1) Majigi : a measurement of land, about 7,500 sq feet.

Translated by Kevin O'Rourke

* English translation first published in *Ten Korean Short Stories* (Yonsei University Press, 1974).

5) 여러 가지 패물로 몸을 꾸미다.
6) 앞뒤로 두 사람씩 모두 네 사람이 메는 가마.

* 작가 고유의 문체나 당시 쓰이던 용어를 그대로 살려 원문에 최대한 가깝게 표기하고자 하였다. 단, 현재 쓰이지 않는 말이나 띄어쓰기는 현행 맞춤법에 맞게 표기하였다.

《조선문단》, 1935

해설

Afterword

문밖의 삶

브루스 풀턴

(브리티시 컬럼비아 대학교 민영빈 한국문학 기금 교수)

「감자」는 잡지 《조선문단》 1925년 1월호에 처음 발표
되었다. 이 작품은 보통 일제 점령하의 한반도에서 있
었던, 가난으로 인해 도덕적으로 타락하게 되는 인물에
대한 이야기로 해석된다. 평자들은 종종 가난을 현대
소설의 주요 주제 중 하나로 언급한다. 그러나 그러한
분석은 대다수의 사람들이 문맹이었으며 (1930년대까지
인구의 90%에 달했던 것으로 추정된다) 많은 농민들이 소작
을 부치던 전통적 농경사회에 대한 우리의 이해에는 별
도움이 되지 않는다. 하지만 만일 「감자」의 첫 단락에
주목한다면 우리는 평양시의 칠성문 밖이라는 물리적
배경과 선비, 농민, 장인, 상인 등으로 이뤄진 계층구조

Life Outside the Gate

Bruce Fulton

(Young-Bin Min Chair in Korean Literature and Literary Translation,

University of British Columbia)

"Potatoes" was first published in the journal *The Korean Literary World* (Chosŏn mundan 조선문단) in January 1925. It is usually interpreted as an account of moral depravity resulting from poverty during the Japanese occupation of the Korean peninsula. Poverty is frequently cited as an important subject matter of much of modern Korean fiction, but such an analysis adds little to our understanding of a traditional agrarian society in which many farmers worked the land of others and in which the vast majority of the population (estimated at 90 percent as late as the 1930s) was illiterate. If, however, we focus on the first paragraph of "Potatoes" we see imme-

를 통해 이 작품의 이야기가 가난에 대한 것이라기보다는 계층에 대한 이야기라는 사실을 쉽게 간파할 수 있을 것이다.

케빈 오록이 초기 한국소설의 사실주의에 대한 그의 연구에서 지적하듯 1920년대 한국의 사실주의 소설들—그리고 사실주의보다 더 사실주의적인 자연주의 소설들—이 우리에게 제공하는 세계관은 삶이 운명에 의해 결정된다는 것이다. 누구든 운명을 거역하면 궁극적으로 운명에 의해 파괴되도록 되어 있다. 「감자」의 주인공으로 반어적인 이름의 소유자인 복녀(운이 좋은 여자라는 뜻)는 운명에 저항해 싸우고—그녀의 가족이 선비계층에서 농민계층으로 전락한 탓에 그녀는 나이가 자신의 두 배인 게으른 남자에게 신부로 팔려간다—자신의 운명에 대해 저항을 시도한 죄로 죽음이라는 대가를 치르게 된다.

이야기는 칠성문 밖에서 일어난다. 문은 안과 밖을 가르는 역할을 한다. 칠성문 밖 세상은 타락과 연관된 곳이다. "싸움, 간통, 살인, 도둑, 징역"이 김동인의 "이 세상의 모든 비극과 활극"을 구성한다. 그러면 문 안에는 무엇이 있는가? 함축된 의미는 타락의 반대—이 세상

diately from the physical setting of the story—outside the Seven Star gate in the city of P'yŏngyang—and from the class structure (scholar, farmer, tradesman, and merchant) that the story revolves not so much about poverty as it does about class.

As Kevin O'Rourke has observed in his studies of realism in early-modern Korean fiction, Korean realist stories from the 1920s—and their hyper-realist cousins, naturalist stories—offer us a world-view in which life is determined by fate. To oppose fate is ultimately to be destroyed by fate. In "Potatoes" the ironically named Poknyŏ ("Lucky Girl") struggles against her fate—her family has fallen in status from the scholar class to the farmer class, and she has been married off to a lazy man who is twice her age—and she pays for the attempt with her life.

The story takes place outside the Seven Star Gate. A gate demarcates inside and outside. The area outside the Seven Star Gate is associated with depravity: "fighting, adultery, murder, theft, prison confinement" constitute Kim Tong-in's laundry list of "all that is tragic and violent in this world." What then lies inside the gate? By implication, the opposite of depravity—all that is *not* tragic and violent in the world. We can conjecture that if Poknyŏ's family

의 모든 비극과 활극이 아닌 것들—가 그 안에 있다는 것이다. 만일 복녀의 가족이 선비의 지위를 유지하고 있을 때 복녀가 시집을 갔다면 그녀는 "문 안"의 문화적이고 문명화된 공간에서 본성에 맞게 오래오래 행복하게 살며 요절하지 않았을 것이라고 짐작할 수 있다.

「감자」의 독자와 평자들은 보통 복녀를 타락한 여자, 운명과 가난이 낳은 탐욕 때문에 파멸될 운명이었던 여자로 본다. 그녀를 여성의 주체성의 예, 사회에 의해서 강요된 역할에 나름대로 적응했던 여자로 보는 사람은 거의 없다. 이야기의 처음에서 열아홉 살 처녀인 복녀는 여전히 윤리의식에 사로잡혀 있기 때문에 가족을 부양하기 위해서 그 지역의 다른 예쁘고 젊은 여자들이 하던 일—첩이 되는 일—을 선택하지 못한다. 그러나 남편의 무능력으로 인해 마침내 집 밖으로 나가 스스로 돈을 벌어야 하는 상황에 처했을 때 그녀는 더 이상 내부, 즉 여성을 위한 전통적 공간에 갇혀 있지 않다. 그녀는 외부, 즉 전통적으로 남성의 것이었던 공간에 있다. 그녀는 남성의 세계에 살고 있고, 그 세계에서 생존하기에, 그리고 실제로 성공하기에 필요한 주체성을 발휘한다. 그런 의미에서 그녀는 새천년 여성 작가들의 작

had maintained its scholar status, and if she had left the family home, she might very well have ended up "inside the gate" (*mun'an* 문 안), in a cultured, civilized space where her native instincts might have yielded her a long and satisfying life rather than sending her to an early death.

Readers and critics of "Potatoes" usually see Poknyŏ as a fallen woman, doomed by fate and by greed generated by poverty. Few see her as an example of female subjectivity, a woman able to adapt herself to the roles imposed on her by society. Nineteen-year-old Poknyŏ, at the beginning of the story, is still bound by a moral sense that prevents her from doing what other pretty young women of the area do to support their families— becoming a concubine. But when her husband's incapability finally forces her outside the household to work for a living, she is no longer inside, in the traditional space for women; she is outside, in the traditional space for men. She is living in a man's world and she exercises the agency that is necessary for her to survive, indeed prosper, in that world. In this sense she is a precursor to such remarkable female protagonists in new millennium women's fiction as the tattoo artist in Ch'ŏn Un-

품에 나오는 주목할 만한 여성 주인공들—천운영의 『바늘』(2000)에 나오는 문신하는 여자, 정이현의 「트렁크」(바이링궐 에디션 한국 대표 소설 25권, 아시아, 2013)에 나오는 사업하는 여자 등의 전신이라 할 만하다.

실제로 복녀는 현대 한국 문화의 아이콘이 될 만한 잠재력을 지닌 인물이다. 방금 언급한 문학적 텍스트와의 관련성 외에도 복녀 이야기를 다룬 두 편의 영화를 떠올릴 수 있다. 변장호 감독의 〈감자〉(1987)와 장철수 감독의 〈김복만 살인 사건의 전말〉(2010)이 그것이다. 특히 후자는 「감자」의 복녀를 뒤집은 냉혹한 인물을 주인공으로 내세운다. 주인공(복남이라는 이름으로 나온다)은 살인의 피해자가 되는 대신 자신을 학대한 남자를 죽이는 살인자로 나온다.

비교적 논의가 안 된 (한국 독자의 눈에 너무 뻔하기 때문인지?) 또 다른 요소는 복녀를 일시적인 정부(情婦)로 삼는 부유한 지주가 중국인이라는 사실이다. 일제 식민지 시기 초기가 배경인 한국의 이야기에서 중국인 부자 지주의 의미는 무엇인가? 김동인이 제국 일본이 꼭대기에 있고, 무너져가는 중국이 중간에 있으며 식민지인 한국이 바닥인 더 큰 국제적인 계급체계의 일부로서 민

yŏng (천운영's "Needlework" (Panŭl 바늘, 2000) and the businesswoman in Chŏng I-hyŏn (정이현)'s "In the Trunk" (T'ŭrŏngk'ŭ 트렁크, 2013; ASIA Bi-lingual Edition Modern Korean Literature 025).

Indeed Poknyŏ has the potential to become an iconic figure in modern Korean culture. In addition to the examples of literary intertextuality just cited, there are at least two film versions of Poknyŏ's story, *Potatoes* (Kamja, 1987), directed by Pyŏn Chang-ho (변장호), and *Bedeviled* (Kim Pong-nam sarin sakŏn ŭi chŏnmal 김복만 살인 사건의 전말, 2010), directed by Chang Ch'ŏl-su (장철수). *Bedeviled* in particular offers us a grimly subversive treatment of the Poknyŏ character: the protagonist (named Pong-nam here) is the perpetrator of homicide, killing the man who abuses her, rather than the victim of homicide.

Another aspect of the story that is relatively little discussed (because it is obvious to domestic readers?) is the ethnicity of the wealthy landowner who takes Poknyŏ as a temporary lover: he is Chinese. What is a wealthy Chinese landowner doing in a Korean story set early in the Japanese colonial period? Is it possible that Kim Tong-in thought of ethnicity and nation as part of a larger, international class system, with imperial Japan at the top, crumbling China in

족의 문제를 생각했던 것은 아닐지? 만일 그렇다면, 이 작품에서 계급과 성에 기초한 구조에 굴복한 복녀와 병행하여 한국이 국제적인 권력 구조에 복속된 사실을 그린 것으로 보는 것도 가능할 것인지?

김동인의 「감자」의 성공은 시간의 시험을 거친 대부분의 문학작품처럼 다양한 방식으로 읽고 이해하는 것을 허용한다는 점에 있다. 그리고 복녀를 계급, 성, 혹은 국제적인 역학관계 때문에 파멸될 운명에 있던 여자로 보든 안 보든 복녀가 사또인 변학도에게 저항한 춘향처럼 "인간다운 삶"을 살고자 하는 소망의 소유자였다는 사실에는 변함이 없다.

the middle, and colonial Korea at the bottom? If so, then it would make sense to view Korea subjugated by an international power structure as a parallel to Poknyŏ subjugated by a structure based on class and gender.

Kim Tong-in's triumph in "Potatoes" is crafting a story that, like most literature that has survived the test of time, may be read and understood in a variety of ways. And whether we see Poknyŏ as doomed by class, gender, or international power relations, we recognize that Poknyŏ, like Ch'unhyang (춘향) in her resistance to Magistrate Pyŏn (변학도), wishes to live "a life befitting a human."

비평의 목소리

Critical Acclaim

김동인은 (……) 문학의 예술성과 순수성에 대한 자각을 바탕으로 본격적인 근대문학의 확립에 기여하고 있다는 평가를 받고 있다. 이러한 견해는 김동인을 중심으로 하는 《창조》 동인들의 문학 활동을 중시하고 그 문학적 성과를 또한 긍정함으로써, 초기 근대문학의 확립 과정에서 김동인과 《창조》의 역할을 크게 부각시켜 놓았음은 물론이다. 김동인의 개별적인 작품 활동에서도 대개 단편문학의 확립, 자연주의 문학의 수용, 탐미적 경향의 추구 등은 그 문학적 성과의 의미를 따지기 전에 대부분 중요한 특징으로 지목되어 오고 있다.

권영민, 「감자」, 『한국근대문인대사전』, 권영민 편,

Fiction writer and organizer of the *Ch'angjo* [Creation] coterie Kim Tong-in is commonly viewed as the patriarch of modern Korean literature as a writer who was clearly aware of a purely artistic quality specific to literature. Most critics also recognize Kim Tong-in's significant role in establishing the short story genre and incorporating naturalism and aestheticism into Korean literature.

Kwon Young-min, "Potatoes", *Directory of Early-Modern Korean Writers*(Seoul: Asia Munhwasa, 1990), 136.

The short story "Potatoes" opens up a new vista of realistic literature by depicting not only poverty,

아시아문화사, 1990, 136쪽

(……) 가난의 조건을 제시하고 현실의 이미지요 기호이면서 욕망의 대상인 돈의 위력과 도덕을 저울질하는 이간의 갈등과 파탄을 그림으로써 구조의 단순성에도 불구하고 리얼리즘 문학의 시경(視境)을 열고 있는 「감자」는 우리 현대소설사에서 사실주의의 발판이 된 작품이며, 생의 비극성에 대한 인지의 구획이 마련되는 분기점에 서 있는 선도적인 작품이기도 하다. (……) 이들 (김동인의) 작품이 소재나 주제에서 특정한 시대의 적층에 화석으로 굳어 있는 것이 아니라 탈시대적인 것이란 점, 그리고 지금도 많은 독자들에게 읽히고 있다는 사실을 음미해 본다면 성격—환경과 연관된 비극적인 인간의 초상을 제시한 고전으로서 가치를 갖고 있음을 부인할 수 없을 것이다.

이재선, 「한국문학의 원근법」, 민음사, 1996, 421~422쪽

(……) 「감자」는 불리한 환경으로 특징 지워지는 세계의 도전 앞에서 자아가 무력하다는 것을 더욱 냉혹하게 살핀 문제작이다. (……) 세상은 그만큼 냉혹하니 헛된

but also the common human struggles between the power of money (the image and sign of reality and the object of our desire) and ethics. "Potatoes" has gone on to serve as the benchmark for realistic literature in modern Korean literary history; it is an avant-garde work that, upon publication, signaled the advent of a new awareness of the tragic nature of human life. [...] Kim Tong-in's works are not fossilized within the sediment of a specific age but, rather, address timeless subjects and themes. They are still read and loved by a broad audience and recognized for their value as classic works that paint tragic portraits of humans dealing with personal and environmental obstacles.

Lee Jae-seon, *Perspectives on Korean Literature*
(Seoul: Minum Publishing, 1996), 421~422.

"Potatoes" presents a cruel examination of our helplessness in the face of challenges wrought by a disadvantageous environment. [...] It urges us not to expect anything from the heartless world for fear of certain disappointment. It is because of this that "Potatoes" stands out as an example of naturalism.

Jo Dong-il, *History of Korean Literature*

기대를 걸지 말라고 다그친 것이다. 그런 특징 때문에 김동인의 소설은 사실주의와 구별되는 자연주의에 속한다고 할 수 있다.

조동일, 『한국문학사』, 지식산업사, 1994, 5권, 110~111쪽

한국 소설에서 가난과 피폐상을 다룬 역사는 오래이다. 그만큼 민족과 깊은 관련을 맺는다. 자연주의 문학에서도 끊임없이 다루어져 왔고, 작가의 제재로까지 집요하게 파고든 관심사였음도 확인한다. (……) 「감자」는 가난 때문에 복녀가 타락해 가는 과정을 추적한다. 추악한 현실에서 동물적인 인간성을 폭로하고 죽음으로 파멸하는 과정을 사실화한다. (……) 가난의 환경 결정론에 따른 인생 몰락의 증언이되 악덕사회를 폭로하고 고발하는 비판적 리얼리즘이 정수를 파헤친다.

신동욱, 『한국현대문학사』, 집문당, 2004, 354~355쪽

(Seoul: Chisik Sanŏpsa, 1994) Vol. 5, 110~111.

Korean literature has a long history of incorpo-rating the theme of poverty, a fact of life for many Korean people. To this day, naturalist literature continues to depict destitution. [...] "Potatoes" trac-es the progression of Pongnyŏ's deterioration, which is spawned by poverty. It exposes the inevi-table emergence of animalistic human nature in the face of dire circumstances and examines Pongnyŏ's destruction and ultimate death. [...] Through its portrayal of poverty, "Potatoes" serves not only as a testament to environmental determinism but also embodies the genre of critical realism, which dis-closes and condemns societal evil.

Shin Dong-uk, *History of Modern Korean Literature* (Seoul: Chipmundang, 2004), 354~355.

김동인

김동인은 1900년 평양에서 태어나 중등교육을 받던 중 일본으로 유학을 떠났다. 아직 어린 열아홉의 나이에 그는 세 가지 획기적인 경험을 하게 된다. 무엇보다도 그는 주요한, 전영택, 최승만, 김환 등의 동료 작가들과, 단명했지만 최초의 한국 현대문학 잡지로 인정받고 있는《창조》를 창간했다. 또한 첫 단편「약한 자의 슬픔」을 출판했고, 3·1운동 기간에 형이 사용한 독립선언서를 쓴 혐의로 체포되어 넉 달을 감옥에서 보냈다.

그렇게 근대 한국에서 가장 중요한 문학 인생들 중 하나가 시작되었다. 1920년대 중반에 이르면 그는「감자」와 같은 사실주의 계열의 작품으로 한국문단에서 주목을 받게 된다. 1929년에 출판된『근대소설고』는 이광수가 강조한 사회참여적 문학에 대한 대안으로서 예술을 위한 예술의 주창자인 그의 역할을 굳혔다. 1926년 사업 실패에 부분적으로 자극을 받음으로써 그는 1930년대에는 장편소설 여러 편을 다양한 신문에 연재하기 시작했다. 그 작품들 가운데 조선 후기의 대원군에 초

Kim Tong-in

Kim Tong-in was born in P'yŏngyang in 1900 and was educated there and in Japan. At the tender age of nineteen he experienced three milestone events: With fellow Korean writers in Tokyo Chu Yo-han (주요한), Chŏn Yŏng-t'aek (전영택), Ch'oe Sŭng-man (최승만), and Kim Hwan (김환) he established the first modern Korean literary journal, the short-lived *Creation* (Ch'angjo 창조); he published his first story, "The Sorrow of the Weak" (Yakhan cha ŭi sŭlpŭm 약한 자의 슬픔); and he was arrested on suspicion of authoring a manifesto that his older brother utilized in the March 1 Independence Movement (삼일운동), and spent four months in jail.

Thus began one of the most important bodies of literary work in modern Korea. By the mid-1920s Kim had gained notice in the Korean literary world for realist stories such as "Potatoes." The publication in 1929 of his *Thoughts on Early-Modern Fiction* (Kŭndae sosŏl ko 근대소설고) solidified his role as a champion of art-for-art's-sake literature, with which he offered an alternative to Yi Kwang-su's

점을 맞춘 『젊은 그들』(1930~31)과 조선 전기에 왕위를 찬탈한 세조의 생애에 기반한 『대수양』(1941)이 주목할 만하다. 이미 널리 알려진 공인이었던 그는 이 시기에 초기 근대 한국문학의 또 다른 거성인 염상섭을 토대로 한 것으로 알려진 1932년의 단편 「발가락이 닮았다」로 파문을 일으켰다.

1930년대 중반은 김동인이 특별히 활발하게 활동했던 시기이다. 1934~35년에는 이광수에 대한 최초의 본격적인 작가론 『춘원연구』를 연재했다. 1935년에는 월간문예지 《야담》을 창간했고, 다양한 매체에 꾸준히 수필을 발표했다(1935년 한 해 동안 《매일신보》에 35편의 단편을 싣는다). 일제 암흑기 중인 1942년 불령선인의 혐의로 다시 투옥된다.

1945년 해방 후에도 계속해서 단편소설(그들 중 몇 편은 일제에 협력했던 작가들에 대한 비판이다)과 수필, 그리고 평론을 발표했다. 1951년 1월 한국전쟁 중 1·4 후퇴 직후 서울에서 사망했다.

한국 현대문학에서 김동인이 차지하는 위치의 중요성에 대해서는 두 말의 여지가 없을 것이다. 그는 아마도 다른 어떤 한국 현대 산문 작가들보다도 많은 작품

emphasis on a socially engaged literature. Spurred by straitened circumstances resulting in part from a 1926 business failure, in the 1930s he began serializing historical novels (장편소설) in the newspapers. Notable among these works are *The Young Breed* (Chŏlmŭn kŭ tŭl 젊은 그들, 1930~31), focusing on the Taewŏngun of late Chosŏn, and *Great Prince Suyang* (Taesuyang 대수양, 1941), based on the life of the usurper King Sejo (세조) of early Chosŏn (조선 전기). Already a very public figure by then, he created a sensation with his 1932 story "The Toes Are Mine" (Palkarag i talmatta 발가락이 닮았다), whose protagonist is based loosely on another giant of early-modern Korean literature, Yŏm Sang-sŏp (염성섭).

The mid-1930s were an especially active period for Kim. In 1934~35 he serialized the first full-length study of writer Yi Kwang-su (Ch'unwŏn yŏn'gu 춘원 연구). In 1935 he founded the monthly literary journal *Tales* (Yadam 야담). And he published a steady stream of personal essays (sup'il) in a variety of venues (35 alone in the *Maeil shinbo* 매일신보 daily in 1935). The late stages of the Japanese occupation (암흑기) brought Kim a second jail term, in 1942, for being a disloyal subject.

After Liberation (해방) in 1945 Kim continued to

을 남겼고, 그에 대한 비평도 아마 가장 많기는 마찬가지일 것이다. 권영민 저『한국근대문인대사전』은 김동인 항목에 20쪽을 할애하고 있으며, 이는 염상섭을 제외하면 가장 많은 분량이다. 소설, 평론, 수필 등을 풍부히 남긴 외에도 그는 한국문학의 문체를 정립시키는 데 공헌했다. 1920년대 그가 발표한 사실주의적 단편소설들은 단편소설 장르를 한국 현대문학사에서 가장 중요한 소설장르로 성립시키는 데, 그리고 사실주의를 두드러진 문학 양식으로 정립하는 데 공헌했다. 동시대의 작가 현진건과 염상섭과 더불어 그는 한국 현대 단편의 아버지라고 불려 마땅할 것이다.

김동인의 그 같은 위치를 반영해 1955년 잡지 《사상계》의 편집자들은 그를 기리는 뜻에서 동인문학상을 제정했고, 그 이래 동인문학상은 이상문학상과 더불어 한국에서 소설에 주어지는 가장 권위 있는 상의 하나로 오늘날까지 이어져 내려오고 있다.

publish stories (several of them critical of writers deemed to have collaborated with the Japanese), personal essays, and criticism. He died in Seoul in January 1951, in the midst of the Great Retreat of ROK/UN forces during the Korean War.

Kim Tong-in's importance in modern Korean literature cannot be overemphasized. He perhaps wrote more, and has had more written about him, than any other modern Korean prose writer. Kwon Young-min (권영민)'s 1990 *Directory of Early-Modern Korean Writers* (Hanguk kŭndae munin taesajŏn 한국근대문인대사전) devotes 20 pages to Kim, more than to any other writer, in any genre, except for Yŏm Sang-sŏp. In addition to his prolific output of fiction, criticism, and personal essays, Kim helped to modernize Korean literary style. His realist stories of the early 1920s helped establish the short story as the fictional genre of choice in modern Korean literary history, and realism as the prominent literary mode. With contemporaries Hyŏn Chin'gŏn (현진건) and Yŏm Sang-sŏp, he can properly be called the father of modern Korean short fiction.

Such is Kim Tong-in's stature that in 1955 the editors of the journal *World of Thought* (Sasanggye 사상계) established the Tong-in Literature Prize (동인

문학상) in his honor. It and the Yi Sang Literature Prize (이상문학상) remain the two most prestigious awards for literary fiction in the ROK.

번역 **케빈 오록** Translated by Kevin O'Rourke

아일랜드 태생이며 1964년 가톨릭 사제로 한국에 왔다. 연세대학교에서 한국 문학 박사 학위를 받았으며, 한국의 소설과 시를 영어권에 소개하는 데 중점적인 역할을 해왔다.

Kevin O'Rourke is an Irish Catholic priest (Columban Fathers). He has lived in Korea since 1964, holds a Ph.D. in Korean literature from Yonsei University and has been at the forefront of the movement to introduce Korean literature, poetry and fiction, to the English speaking world.

바이링궐 에디션 한국 대표 소설 086

감자

2014년 11월 14일 초판 1쇄 발행

지은이 김동인 | 옮긴이 케빈 오록 | 펴낸이 김재범
기획위원 정은경, 전성태, 이경재
편집 정수인, 이은혜, 김형욱, 윤단비 | 관리 박신영 | 디자인 이춘희
펴낸곳 (주)아시아 | 출판등록 2006년 1월 27일 제406-2006-000004호
주소 서울특별시 동작구 서달로 161-1(흑석동 100-16)
전화 02.821.5055 | 팩스 02.821.5057 | 홈페이지 www.bookasia.org
ISBN 979-11-5662-049-5 (set) | 979-11-5662-060-0 (04810)
값은 뒤표지에 있습니다.

Bi-lingual Edition Modern Korean Literature 086

Potatoes

Written by Kim Tong-in | Translated by Kevin O'Rourke
Published by Asia Publishers | 161-1, Seodal-ro, Dongjak-gu, Seoul, Korea
Homepage Address www.bookasia.org | Tel. (822).821.5055 | Fax. (822).821.5057
First published in Korea by Asia Publishers 2014
ISBN 979-11-5662-049-5 (set) | 979-11-5662-060-0 (04810)

바이링궐 에디션 한국 대표 소설

한국문학의 가장 중요하고 첨예한 문제의식을 가진 작가들의 대표작을 주제별로 선정!
하버드 한국학 연구원 및 세계 각국의 한국문학 전문 번역진이 참여한 번역 시리즈!
미국 하버드대학교와 컬럼비아대학교 동아시아학과, 캐나다 브리티시컬럼비아대학교 아시아
학과 등 해외 대학에서 교재로 채택!

바이링궐 에디션 한국 대표 소설 set 1

분단 Division

산업화 Industrialization

여성 Women

바이링궐 에디션 한국 대표 소설 set 2

자유 Liberty